혼자서 재밌게 노는 101가지 방법

혼자서 재밌게 노는 101가지 방법

글 윤석준 그림 정혜진

왓칭하우스

혼자서 재밌게 노는 101가지 방법

초판 1쇄 인쇄 | 2016년 10월 7일
초판 1쇄 발행 | 2016년 10월 17일
지은이 | 윤석준
그린이 | 정혜진
펴낸이 | 윤석준
펴낸곳 | 왓칭하우스
등 록 | 제2014-000013호(2014년11월5일)
주 소 | 경기도 과천시 부림로2, 916-101
전 화 | 010-4577-2685
이메일 | sj2285@naver.com, jhjdesign1777@naver.com

ISBN 979-11-954073-2-3 00810

이 도서의 국립중앙도서관 출판예정도서목록(CIP)은 서지정보유통지원시스템 홈페이지
(http://seoji.nl.go.kr)와 국가자료공동목록시스템(http://www.nl.go.kr/kolisnet)에서
이용하실 수 있습니다. (CIP제어번호 : CIP 2016023382)

지은이 **윤석준**(해뜰날)

혼자서 노는 것이 진정한 나를 만나는 Key인 것을 알고 있나요?
저는 오랜 시간을 혼자서 지내다 보니 자의 반 타의 반으로 여러 방법들을 연구하게 되었어요.
그러면서 점차 알게 되었죠. 혼자는 하나를 뜻하는 것이 아니라,
내 안의 많은 나를 만나게 되는 시간이라는 것을요.
또한 스스로 쉽게 행복해질 수 있는 방법이에요.
이 책을 제작한 시간도 저에게는 하나의 놀이였답니다.
혼자라서 삶이 팍팍하고 건조한 사람들에게 이 책이 도움이 되기를 진심으로 바랍니다.

현재 저는 <왓칭을 공부하는 사람들> 온라인 카페를 운영하고 강의와 집필을 하고 있습니다.
마음을 다루는 방법에 대한 책 <왓처>와
어린이와 청소년들을 위한 책 <왓칭 마음 여행>을 쓴 바 있습니다.

그린이 **정혜진**

혼자인 나에게 매 순간 소중하고 가치있는 시간을 선물해주세요.
그 순간들이 모이고 모여 당신을 더욱 빛나게 만들어 줄 거에요.
저도 항상 최선을 다해 행복하려고 노력했고,
그 덕에 핑토를 만나 제 인생은 지금보다 더욱 더 즐거운
핑크빛으로 물들었어요.
당신도 핑토와 놀다보면 혼자일 때 가장 나다운 모습이
나온다는 것을 알게 될 거에요.

▶ 왓칭을 공부하는 사람들   http://cafe.naver.com/watchingall

인스타그램 | watchinghouse/hye_jin_777

차례

난이도 : 쉬움 ★☆☆   중간 ★★☆   어려움 ★★★

특별한 놀이천재를 소개합니다.

안녕, 난 핑토야.

내 이야기 들어볼래?

토끼와 거북이 이야기
알고있지?

지금부터
너희가 몰랐던
토끼와 거북이의
숨겨진 뒷 이야기를
들려줄게.

뽑아봐 ㅂ

님 당첨ㅋ

어느 날 아침,
거북이들은 자신들이
느리다는 것은 편견이라며
토끼들에게 경주를 제안했지.
그런데 내가 선수로 뽑혀 버렸어.
나는 경주에 관심도 없는데 말이야.

경주 중,
나무들 사이로 들어오는
빛의 속삭임에 취해
어느새 잠이 들어 버렸어.

경주는 결국 결승선만 바라보며 달리던
부지런한 거북이가 이기게 됐지.

거북이한테 지다니.

토끼 망신이다, 망신이야.

나는 항상
즐겁게 살기를 원했어.

누가 빠르고,
누가 느리고 따위는
관심 밖이었지.

하지만
다른 토끼들의
생각은 달랐어.

나는 어딜가나 놀림받는
신세가 되어버렸지.

결국, 떠나기로 결심했어.

토끼나라

그런데 이곳도
서로 다투고, 경쟁하고, 아파하고,
느린 것이 놀림거리가 되고,

삶을 즐기기보다
앞만 보고 달리기에 바쁘더라.

그래도 나는
다시 돌아가지 않았어.

이곳으로 건너오면서
새롭게 변한 내 모습이
꽤 마음에 들거든.

이제부터
나만 알고 있는
'혼자서 재밌게 노는
101가지 방법'을
사람들에게 알려줄거야.

일단, 거기 너!
나와 함께 놀아보지 않을래?

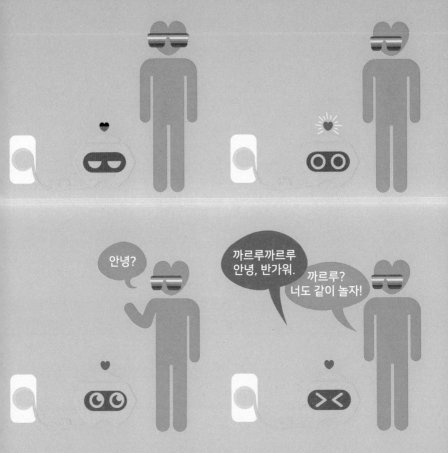

내가 즐기면 세상도 같이 춤춘다.

조던 매터
Jordan Matter

하나

즐겁게
놀아볼까

★★☆
001. 나홀로 소풍

나만을 위한 소풍을 계획해본 적이 있니?
좋아하는 음식과 음료를 준비해 자연의 아름다움 속으로 나가보는 거야.
혼자라고 대충 하는 게 아니라 아름다운 것들로 근사하게 차려서
나를 대접해봐야지. 한적하고 풍경이 좋은 곳에 자리를 펴.
그 다음 찻잔 밑에는 아름다운 나뭇잎을 깔고 꽃잎을 떨어뜨린
향기로운 차나 와인을 한 잔하면 온 세상이 천국과 같아질 거야.
그럼 천국으로 떠나볼까!

002. 두근두근, 추억의 장난감 상자를 열자

천진난만! 누구나 걱정 없이 깔깔대고 웃으며 해가 떨어지는지도 모르고
놀던 때가 있었지. 하지만 그런 재미를 이제는 잃어버린 것 같아.
다시 그때로 돌아갈 방법은 없을까? 맞아! 장난감 상자를 열어보는 거야.
만약 장난감 상자가 없다면 상상으로라도 열어보자!
내가 무엇을 좋아했고 어떻게 신나게 놀았는지
잊고 있었던 것들이 다시 생각날 거야.
다시 놀이의 천재로 돌아가 정말 신바람 나게
한바탕 놀아보는 거야.

★★★
003. 낭만적인 하룻밤(feat.텐트)

맑고 상쾌한 공기가 흐르는 자연 속의 낭만적인 하룻밤!
좋아, 당장 짐을 챙겨서 떠나자. 홀로 캠핑을 떠나 모든 것을 잊고
자연과 하나가 되어보는 거야. 만약 야외로 나가기 어렵다면
집에서라도 텐트를 치고 그 속에서 낭만을 대신해보지 뭐.
"수고한 자여, 떠나라. 즐기는 자만이 행복을 찾을 지어다!"

★★☆
004. 못생김을 끌어내자

"ㅋㅋㅋㅋㅋㅋ"
나만 알고 있는 엉뚱하고 우스꽝스러운 나.
그런 나를 꺼내어 스스럼없이 깔깔 웃어보자. 외모에 자신이 있건 없건
그것은 중요하지 않아! 있는 그대로의 나를 받아들이고, 그대로를 예뻐하고,
멋있어하는, 자신 있는 내가 되어보는 거야. 예쁜 셀카는 지겨워.
지금은 나의 새롭고 우스꽝스런 모습이 더 개성 있어.
나는 나니까!

체코의 국기는?

1
2
3

005. 나만의 퀴즈 대회를 열자

퀴즈의 스릴에 푹 빠져본 적 있니? 우선 퀴즈 책을 하나 골라.
그 책을 한 시간 동안 읽어봐. 그 다음은 그 책을 덮어. 그리고 한 시간 후에
다시 그 책을 집어 들고 아무 페이지나 나오는 대로 답을 가리고 그 문제를
맞혀 보는 거야. 기억력과 순발력을 테스트하며 놀 수 있는 좋은 놀이지.
다음에 어떤 문제가 나타날지 두근두근 거리지 않니?

★☆☆
006. 아지트를 찾자

카페는 많지만 마음에 쏙 드는 카페를 알고 있니? 편하게 쉴 수 있는
아지트 같은 곳 말이야. 유행하는 잡지나 책, 그리고 음악을 들으며
자신만의 즐거움을 누릴 수 있는 카페의 좋은 자리를 몇 군데 알아놓자.
전망도 좋고 조용한 곳을 나만의 아지트로 삼으면 혼자서 시간을
즐길 수 있는 쉼터가 될 거야.

★★☆
007. 1박2일 저리 가라,
나홀로 복불복 게임

오늘은 복불복에 나의 운명을 맡겨볼까?
나오는 대로 받아들이고 즐겨보는 거야. 내가 스스로
벌칙을 만들고, 포상도 준비해봐야지. 지금 두근대는 마음으로
게임을 시작해보는 거야. 하루 종일 선(금)을 밟지 않고
다니는 게임도 재미있어. 그것에 집중하느라 걱정거리는 어느새
머릿속에서 사라져버릴 거야.
"앗! 이런. 금을 밟아 버렸네."

★★★
008. 오늘은 뒤집어 써도 좋아!

화끈하게 놀며 스트레스를 풀고 싶다면 이 놀이가 단연 취향저격 탕탕!
끝나고 나서 청소의 후유증이 약간 있지만 놀 때는 그런 생각은 안녕.
하얀 밀가루든 진흙이든 온통 뒤집어 써봐. 그런 모습을 사진으로 남겨두면
십년 후에는 아마 배꼽을 잡고 웃을지도 몰라.
정말 큰 추억으로 기억될 거야.
그럼 도전해볼까.

한 번도 춤추지 않은 날은 잃어버린 날이다.

니체
Friedrich Wilhelm Nietzsche

둘

난
특별해

★★☆
009. 미래의 나에게 편지를 보내자

5년 후, 10년 후의 나는 어떤 생각과 모습으로 살고 있을까?
지금의 솔직한 생각과 감정을 편지로 써서
5년 후의 나에게 전해주는 거야.
그때 어떤 반응이 나올지 너무나 궁금하지 않니?
예전의 나를 그리워할까,
아니면 유치하다고 할까?
정말 너무 궁금해.

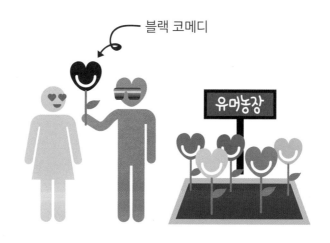

블랙 코메디

★☆☆
010. 오늘은 개그맨

유머보다 멋진 것은 드물지. 게다가 그것을 멋지게 구사한다면
주위를 더 밝고 힘차게 해 줄거야. 평소에 코미디 프로를 보거나,
인터넷 검색을 하거나, 만화책방 그리고 도서관에서 유머에 관한 책들을 보고
각종 유머를 수집해 노트에 적어두자. 그리고 요긴할 때 하나씩 꺼내 쓰는 거지.
자주 하다보면 애드립도 적절히 구사할 줄 아는 진짜 멋쟁이가 될 거야.
주위의 부러움은 당연히 내 차지! 역시, 난 특별해!

★☆☆
011. 하루를 비디오로 찍자

모든 인생은 다 멋진 영화야!
지금 나의 하루를 비디오로 찍어 놓으면 후에 나를
되돌아볼 수 있는 한 편의 영화가 될 수 있어. 내가 감독이 되어 연출하고
내가 출연해 나의 일과를 생생하게 찍어보는 거지.
세상에 단 하나뿐인 나만의 영화가 만들어지는 거야.
지금은 그저 그런 평범한 일상이지만, 30년 후에 그것을 보고는
눈물이 날지도 몰라. 젊었을 때 모습과 가족의 모습,
그리고 강아지의 재롱까지. 추억은 정말 아름다운 거야!

샤랄라핑

사랑핑

대단핑

핑왕짱

놀란핑

★★☆
012. 나의 이모티콘이 태어나

이모티콘으로 나를 표현해보면 어떨까?
여러 가지 표정의 특징을 잡아 나를 위한 이모티콘을 만들어보는 거야.
나만의 상징으로 사용하는 거지. 서명을 할 때 같이 그려주면
많은 사람들이 좋아할 거야. 아마 더 흥미로운 사람으로 나를
기억하지 않을까. 난 정말 특별하니까.

★★☆
013. 색다른 나만의 음료

영화 007시리즈에서 제임스 본드가 즐겨 마시는 보드카 마티니를
알고 있니? 영화 <내부자들>에서 나온 모히또도 있었지.
그처럼 나를 위한 특별한 음료를 만들어보면 멋지지 않을까?
완전 내 입맛에 맞게 말이야. 아마 힘들 때마다 활력을 주는
에너지원이 될 거야.
"핑토는 핑토루를 마셔. 당근과 사랑으로 만든
내 몸에 가까운 물, 핑토루~"

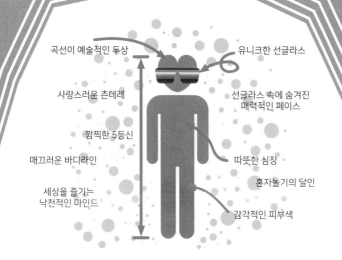

곡선이 예술적인 두상

유니크한 선글라스

사랑스러운 츤데레

선글라스 속에 숨겨진
매력적인 페이스

깜찍한 5등신

매끄러운 바디라인

따뜻한 심장

혼자놀기의 달인

세상을 즐기는
낙천적인 마인드

감각적인 피부색

★☆☆
014. 내가 몰랐던 열 가지 아름다움

넌 너의 아름다움에 대해 잘 알고 있니?
의외로 많은 사람들이 그것에 대해 생각해보지도 궁금해 하지도
않았다고 서슴없이 말해. 그건 자신을 무시하는 것이 아닐까?
찾으면 찾을수록 더 많이 보일 거야.
이제 그것을 꺼내어 표현하며 포텐을 터뜨려보자.
인생은 찾는 자의 것이란 말이 있잖아.

★★★
015. 작지만 특별한 자서전

지금까지 하루하루 걸어온 나의 인생에 대한 솔직한 이야기를
써보면 어때? 내 인생보다 더 특별한 인생은 없잖아.
그럼 어디에도 없는 나만의 True Story가 만들어질 거야.
그리고 남들 앞에서 멋지게 그 이야기를 한다고 해봐.
내 인생 또한 한층 더 멋져질 거야. 지금부터 펜을 들고 자서전의
첫 장을 써보지 않을래?

★☆☆
016. Beautiful Day, 나의 기념일

넌 일 년 중 자신만을 위한 날이 있니?
생일이 아닌 나만의 기념일을 정해 혼자 즐겨보면 어때?
제일 좋아하는 계절 중에 가장 마음에 드는 날짜를 정하고 매년 자신에게
즐거운 이벤트를 해주는 거지. 올해는 그 첫 번째 날이니
더 기억에 남는 선물과 이벤트를 준비해보는 거야.

★★☆
017. 뽑아보자, 베스트 랭킹

두근두근, 순위 경쟁을 하는 프로그램은 언제나 가슴 떨리지.
아! 내가 좋아하는 것에도 순위를 매겨볼까? 1년에 두 번 정도
상반기, 하반기의 나만의 베스트 어워드를 만들어보는 거야.
그것들이 모이면 내가 좋아하는 것들의 역사가 될 거잖아.
나, 핑토의 보물 1호는 나의 사랑스러운 로봇 친구, 까르루야.
너의 보물 1호와 가장 좋아하는 노래는 뭐니?

매우 신남→

★☆☆
018. 물건도 이름을 갖고 싶어

물건이라고 아무런 감정도 에너지도 없다고 생각하면 오산이야.
사연이 있는 이름을 지어주고 다정하게 대화하면 친구가 되지 않겠니.
영화 <레옹>에 나오는 화분보다 더 예쁜 나의 화분에게 말했어.
"마틸다, 너 덕분에 예쁜 꽃이 피었어. 정말 고마워!"
그러자 마틸다가 웃으며 대답했지.
"핑토, 너도 역시 멋져!"

인생은 당신이 안전지대를 벗어나는 순간 시작된다.

닐 도널드 월시
Neale Donald Walsch

셋

새로운 걸
해볼까

★☆☆
019. 어색함에서 새로움까지

평소에 주로 쓰지 않던 손을 사용해 본적 있니?
오른손잡이라면 왼손으로 이를 닦고, 글씨를 쓰고,
음식을 먹어보는 거야. 이처럼 새로운 활동은 이제껏 쓰지 않던
뇌 부위를 자극해주어 창의력이 올라가고, 몸의 균형을 잡아준다고 해.
물론 왼손잡이라면 오른손으로 하루를 새롭게 즐겨보면 되겠지.

★★☆
020. 친구네 옷장

옷이 달라지면 기분도 따라서 달라져.
스타일이 좀 다른 친구가 있니? 그 친구의 옷을 빌려
새로운 시도를 해보는 거야. 그 옷을 입고 기분이 색달라졌다면 성공이야.
그러면 나를 새롭게 코디할 수 있는 또 하나의 장이 열린 것 아니겠니.
물론 인증샷을 남기는 것은 기본. 새로운 기분으로
새로운 날을 보낼 수 있는 멋진 방법이 될 거야.

★★☆
021. 인체 탐험 & 치유 여행

몸속으로 들어갈 수 있을까? 당연히 가능하지.
아주 작은 소형 캡슐에 타고 몸속을 탐험하는 여행을 한다고
상상해보는 거야. 우선 인체 해부도가 그려져 있는
책을 보고 이미지를 그려봐. 그 다음 눈을 감은 채 혈관 속을 뚫고
몸속의 여러 장기 속을 여행한다고 상상해 보는 거지.
그러다 아픈 곳이 느껴지면 들여다보고 치유의 말을 전해보는 거야.
"그래, 많이 아팠지. 내가 사랑의 에너지로 치유해줄게. 힘을 내!"
이렇게 사랑의 말을 전하면 조금이라도 도움이 될 거야.
몸속을 탐험하는 색다른 여행, 재미있지 않을까?

022. 나만의 비밀 지도

좋아하는 장소를 한 눈에 볼 수 있도록 모아보는 것은 어때?
자주 가는 곳과 좋아하는 곳 그리고 꼭 가보고 싶은 장소를 표시한
나만의 지도를 만들어 보는 거지. 맛집, 카페, 옷집, 네일샵, 디저트샵,
액세서리샵, 서점, 나만의 아지트 등 그곳의 간단한 느낌과 함께
나만이 이해할 수 있는 암호를 적어 놓아도 좋아. 지도를 보면
나의 관심사와 취향이 어디로 이동하는지 체크해 볼 수도 있겠지.

★☆☆
023. 시계 없이 시간을 맞춰보자

너의 시간 감각은 어때?
시간을 잘 맞추는 편이니? 아니면 잘못 느끼는 편이야?
하루 종일 집중해 현재의 시간을 맞춰보면 몸의 감각도
따라서 키울 수 있다고 해. 한 시간 간격으로 스스로가
알람이 된다고 느껴보는 것도 좋아. 그러면 시간과 자신이 하는 여러 일에 대한
몰입도를 파악할 수 있게 되어 더 유용하게 시간을 쓸 수 있겠지.
지금 시작해볼까?

024. 출발, 동화 속으로

오늘은 구연동화를 해본다면 어떨까? 나만의 스타일로!
듣는 사람이 없다고? 걱정하지 마, 반려동물이나 귀여운 인형이 있잖아!
있는 힘껏 앙증맞고 귀여워도 괜찮고, 점잖거나 섹시해도 오케이~
내 목소리만으로 동화 속에 흠뻑 빠져보는 거야. 또 그 소리를 녹음해
다시 들어보면 내 목소리가 어떻게 느껴질지 궁금하지 않니?

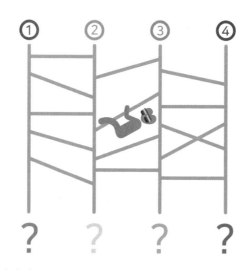

★☆☆
025. 긴장백배! 부담제로! 사다리 타기

넌 운명을 믿니? 인생이 어떻게 결정되는 것 같아?
오늘 하루는 그 운명에 너를 맡겨봐. 사다리 타기나 동전(주사위) 던지기로
하루 일을 결정하며 운명이 어떤 방향으로 끌고 가는지 지켜보는 거지.
그러면 하루 중 모든 일을 자신이 결정하고 또한 잘 해야 한다는
부담감에서 벗어날 수 있어. 이렇게 인생이 어떻게 흘러가는지
곁에서 지켜보는 것도 흥미진진할 것 같지 않니?

얌마,
그거 내 발이야.

맛있다!

★★★
026. 암흑속의 미식가

불을 끈 채로 음식을 먹어보면 어떨까?
컴컴한 어둠속에서 오직 식감에만 집중해보는 거지.
음식이 아삭아삭 씹히는 맛, 각각의 재료에서 풍겨오는 맛,
그 재료가 어우러진 맛이 입안에 느껴지지 않니?
한 입 또 한 입 천천히 맛보며 제대로 느낀다면 먹는다는 것이
얼마나 멋진 일인지 알게 될 거야. 그동안 배만 채우기 위해
너무나 급하게 먹었던 것이 아니니? 천천히 먹는 것이 여러모로 좋아!

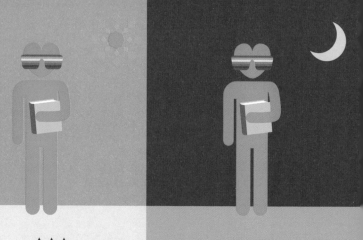

★★★
027. 미션: 하루 종일 꼭 붙어있기

미션에 도전해봐! 미션은 하루 종일 한 물건과 떨어지지 않기.
내가 좋아하는 책, 인형, 볼펜, 도화지 등 하나의 물건을 정해
그 물건과 떨어지지 않고 그것에 완전히 몰입해보는 거야.
하나에 집중하는 연습이 산만해진 마음을 정돈하고, 그 하나로도 많은 일을
할 수 있게 해주지. 예를 들어, 책으로도 아주 다양한 일들을 할 수 있어.
책으로 베개 하기, 책에서 특정 단어 찾아보기, 책을 펼쳐서 나오는
숫자의 합 맞추기, 책에서 감동 글 줄치기, 책 겉표지 싸기 등등.
색다르지 않겠니?

★★☆
028. 다른 이성으로 살아보자

음~ 다른 이성으로 산다면 어떤 느낌일까?
남자는 여성으로, 여성은 남성으로 하루를 살아보는 거지.
물론 외모를 이성으로 바꿔도 좋고(수염을 붙이거나 입술을 바르거나),
아니면 단지 그런 마음으로 살아보는 거야. 그때 어떤 점들을 느끼게 되는지
관찰해보면 되지. 이성이 왜 그렇게 생각하고 행동하는지를 이해할 수 있는
좋은 체험이 될 것 같지 않아? 여자 언어와 남자 언어는
왜 그렇게 다른지도 조금은 알게 될 거야.

★★★
029. 뚝딱, 작은 발명 도전

언제나 발명하는 사람이 정해져 있는 것은 아니야.
생활 속에서 불편한 부분이 있다면 '어떻게 개선해볼까?' 생각을 해봐.
그 다음 상상에만 그치지 말고 행동으로 한 걸음 더 나아가보는 거지.
꼭 많은 돈을 벌려고 하는 것은 아니야. 내 아이디어가 많은 사람들을
편리하게 하고 기쁘게 할 수 있다면 정말 가슴이 뿌듯하지 않을까.
그런 기쁜 마음으로 작은 발명에 도전해보는 거야.

★☆☆
030. 책을 뒷부분부터 읽어보자

책은 앞에서부터 봐야 한다고 생각하는데,
이번만은 뒤에서부터 읽어 보면 어떨까?
뒷부분의 결론이 어떻게 해서 나온 것인지 거꾸로 추측해보면
좀 더 재미있게 독서를 하게 될지도 몰라. 모든 일은 서로
연결되어 있으니까 말이야. 좀 어려워 보인다면 동화책부터 시작해도 좋아.
그럼 책의 뒷장부터 먼저 펼쳐볼까?

당신의 삶을 변명하지 말고 감탄하며 엮어가라.

잭슨 브라운 주니어
Jackson Brown, Jr.

넷

설레고
싶어

★☆☆
031. 시는 아름다워

시를 읽다 보면 낱말 하나하나가 가슴으로 스며들어 그대로 노래가 돼.
좋아하는 시집을 들고 공원을 산책하다 언제든 내킬 때 펼쳐서
마음에 드는 시를 읽어봐. 아름다운 자연과 어울려 그 순간은
영감과 기쁨으로 충만한 시간이 될 거야.

바람 같은 자유가 되자
나무 같은 우직함이 되자
솜털 같은 부드러움이 되자
하늘 같은 평화가 되자
바다 같은 이해가 되자
비 같은 평등이 되자
그리고
꽃 같은 사랑이 되자

그래서
나 같은 내가 되자

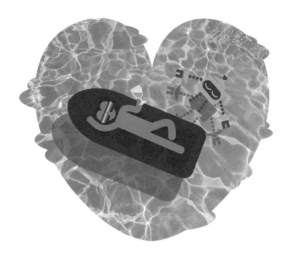

★★☆
032. 혼자만의 연애

사랑에 빠지는 것처럼 황홀한 것도 없어.
사랑하는 사람과 하나가 되는 기쁨을 상상해봐.
잘 되지 않는다면 연애소설이나 드라마 혹은 영화로 그런 기분을
맛보는 것도 좋아. 여기서 포인트는 혼자서 즐긴다는 거야.
사랑은 가장 큰 에너지라서 일이 잘 풀리고 사랑할 때 최고로 행복해.
상상 속에서는 변하지 않는 나만의 사랑을 완벽하게 즐길 수 있어.
로맨스 영화 주인공은 바로 너야!

★★★
033. 사랑의 도시락

가장 소중한 사람에게 맛있는 한 끼를 대접하기 위해
준비하는 것처럼 기분이 좋은 일도 많지 않아. 그 사람이 깜짝 놀라
기분 좋게 웃는 모습을 상상해봐. 음식을 만들며 덩달아 신이 나겠지.
밥 위에 예쁜 하트도 올려볼까? 깜짝 놀랄 반찬과 디저트도
준비해보면 좋겠지. 손편지도 넣어서 깜짝 놀래어주면 어떨까?
설레는 마음으로 편지를 써보자.

034. 새벽 기차 여행

떠나는 것은 언제나 즐거운 일이야.
새벽 첫 기차에 몸을 싣고 어디로든 출발해보자.
만나게 되는 모든 것들이 모두 유쾌하게 보이지 않겠니?
여행의 설렘 속에 새로운 에너지가 용솟음치는 것 같지 않아?
기차가 철컹철컹 거리며 철로를
신나게 달리는 모습만 상상해도 유쾌해지지.
마음이 힘들 때는 일상에서 훌쩍~
떠나보는 것이 최고야!

★★★
035. 콕! 찍어 랜덤 여행

생각했던 곳으로 여행을 가는 것은 많이 해 봤잖아.
어때, 이번에는 우연을 한번 즐겨볼까? 지도를 펼쳐 눈을 감고
딱 한 곳만 팍~ 찍어봐. 그리곤 바로 그곳을 향해 출발하는 거지.
네가 선택한 곳에는 널 기다리는 특별한 무언가가 있을지도 몰라.
어떤 기막힌 우연들이 기다리고 있는지 두근대지 않니?
그래서 여행은 떠나기 전이 제일 설레는 거래.
좋아! 지금 당장 가는 거야.
"푸른 언덕에 배낭을 메고~"

★★☆
036. 하루 한 컷, 찰칵!

매일 나의 모습을 사진으로 남겨보자.
같은 표정 같지만 사실은 모두 달랐던 하루들.
좋아하는 장소에서 똑같은 포즈로 계속 사진을 찍어보는 것도 좋아.
모아두면 나의 모습이 어떻게 변해 가는지 볼 수 있는
인생 사진들이 될 거야. 특별하지 않았던 하루일지라도
후에 그 사진들을 모아서 보는 순간은 매우 특별할거야.

★☆☆
037. 큐피트의 화살은 심장을 향한다

연인을 내가 미리 골라보는 것은 어떨까?
노트에 사랑을 이루고 싶은 연인을 상상하며 하나씩 그 특징을 적어보자.
그 다음 가장 실물과 가까운 연예인이든 주위사람을 떠올리며
가슴에서 사랑의 화살을 꺼내 쏘아보는 거지.
내가 필요한 때에 그 연인이 꼭 나타나길 기대하며 사랑을 꿈꾸어보면
그 시간은 가장 설레는 황홀한 시간이 될 거야.
구체적으로 이미지를 그릴수록
그 연인이 나에게 다가올 확률도 분명 높아질 거야.

설렘 게이지

어제

오늘

★★☆
038. 참는 자에게 설렘이 있나니

지금 당장 하고 싶은 게 있니?
그래도 오늘은 꾹 참고 내일 해보는 게 어때?
왜 참아야 하는지 모르겠다고? 그 즐거움을 가장 크게 느껴보기 위해 서지.
목이 아주 마를 때 마셨던 물을 떠올려봐. 더 시원하고 갈증이 싹 풀리는
최고의 맛이었잖아. 배고플 때도 마찬가지지! 오늘 먹고 싶은 음식이나
하고 싶은 일을 기다렸다가 하게 되면 기다린 만큼 더 특별하고 다가올 거야.
벌써부터 심장이 콩닥콩닥 설레지 않니?
"룰루랄라~ 참는 자에게 설렘이 있나니~"

바람이 불지 않을 때 바람개비를 돌리는 방법은
앞으로 달려 나가는 것이다.

데일 카네기
Dale Carnegie

다섯

기분전환이
필요해

안드로메다행

★☆☆
039. 버스 First Class 여행

적은 돈으로도 하루를 색다르게 즐겨볼 방법이 있을까?
물론 있지. 버스 정류장으로 가서 무조건 마음에 드는 버스를 골라서 타.
그 다음 맨 뒷좌석에 앉아 여유 있게 버스가 가는대로 창밖 경치를 구경하며
종점까지 가보는 거야. 종점은 대부분 도심에서 벗어나
자연에 가까운 곳에 위치해 있어. 그곳에서 익숙하지 않은 것들을
구경하는 것도 색다르지 않겠니? 예기치 않은 것들을 볼 수도 있고,
아니면 혼자서의 한적함을 즐겨볼 수도 있지 않을까.

★☆☆
040. 달콤씁쓸, 커피 투어

오늘은 커피에 하루 종일 빠져보는 것은 어때?
진한 핸드드립 커피와 부드럽고 달콤한 휘핑크림의 조화가 잘 어우러진
아인슈페너, 라떼 위에 태운 설탕 알이 오르고 그 위에
휘핑크림으로 장식된 바삭라떼, 진하고 달콤한 비엔나 커피인 콘파냐,
연유의 달달함과 생크림의 부드러움이 조화를 이룬 커피 미스 사이공,
우유 거품 위로 올라온 오렌지 조각이 예쁜 커피와 앙상블을 이룬
오렌지 카푸치노 등 특별한 맛과 향의 커피를 찾아서
하루 종일 로맨틱한 분위기에 푹~ 빠져 보는 것도 즐거운 힐링이 될 거야.

★★☆
041. 내 거 인듯, 내 거 아닌,
내 거 같은 색다른 아이템

오늘 하루는 짝이 맞지 않는 양말이나 스타킹을 신고 지내볼까?
특이한 모자나 색다른 넥타이도 오케이.
자신만의 개성을 표현할 수 있는 아이템이면 돼.
그것으로 주위 사람들과 재미있는 대화도 나눠봐.
새롭다는 것은 활력소와 같은 거야. 요즘, 하루하루가 지루하지 않니?
그럼 이렇게 반전을 가져와 보는 건 어때?

★★☆

042. 소리 채집 여행

좋아하는 소리를 모아본 적이 있니?
마음에 드는 소리가 있는 장소를 찾아 그곳에서
생생한 소리를 녹음해 자신이 힘들 때 들어봐. 파도소리,
계곡물이 흐르는 소리, 바람이 부는 소리, 비가 내리는 소리, 귀뚜라미 소리,
아기의 웃음소리, 그리고 엄마의 다정한 목소리 등
보물 같은 소리들을 찾아 모으는 시간을 가져보는 거야.
웃기는 상황을 표현하는 소리를 만들어
우울할 때 들어보는 것도 좋겠지.

043. 탐정놀이

추리소설 좋아하니? 범인을 추적하듯이 나에게 일어난 일들의
그 원인을 추리해보는 거지. 어떤 일이든 일어난 이유가 있어.
만약 안 좋은 일이 나에게 일어났다면 그 원인을 추적해 알아내고,
나에게 유리하게 바꾸면 돼. 만약 친구관계가 안 좋아졌다면
그 원인이 된 일을 찾아 내가 바꾸고 사과하면 어떨까?
지금부터는 내가 추리소설에 나오는 명탐정이 되어
추리력과 상상력을 발휘해 범인(원인)을 잡아보는 거야.

★★☆
044. 내 가슴 속에 지우개

그동안 쌓아만 두었다면 다 풀어놓아 봐. 그러면 시원해질 걸?
그동안 가슴 속에 맺혀 있던 불만, 불평, 짜증, 슬픔, 분노, 죄책감 등을
밖으로 소리 내어 질러보는 거야. 노래방에 가서 노래를 불러도 좋고,
너만의 공간에서 해도 좋아. 눈물이 나면 실컷 울어도 돼.
풀지 않고 쌓아만 두면 곪을 수 있어.
자주 토해내는 것이 마음을 건강하게 관리하는 방법이야.

★★☆
045. 새로운 취미에 도전하자

세상에는 배울 것이 너무나 많아. 어떤 것들이 너에게 새로운 인생의 즐거움을
선사해줄지 몰라. 붓글씨, 뜨개질, 종이접기, 각종 운동, 미니어쳐, 프라모델,
꽃꽂이, 그림이나 만화 그리기, 각종 언어와 음식 배우기, 펜팔, 각종 DIY,
악기 연주, 각종 공예, 각종 수집 등등…
너의 마음을 팔딱팔딱 뛰게 해줄 무언가에 지금 바로 도전해봐.
난 스카이다이빙에 도전했는데, 그때 심장이 쫄깃쫄깃 해졌어.
정말 짜릿하더라. 너도 도전해봐!

★★★
046. 오늘은 아날로그

조선시대 사람들은 어떻게 살았을까?
인디언들이나 잉카족은, 또 카우보이들은?
마음에 드는 한 시대를 선택해 그들의 생활양식으로 하루를 살아봐.
소금으로 이 닦기, 식초로 머리 감기, 에어컨 없이 부채로 더위 나기,
비누 없이 물로만 씻기, 훌라춤 추기, 인디언식으로 캠프파이어 해보기 등등
조금은 불편하더라도 아날로그적인 삶을 경험하는 것도 재미있을 거야.

★★★
047. 폼을 리폼하자

주위에는 손길을 기다리는 안 쓰는 물건들이 많이 있지 않니?
그것을 리폼하는 순간 새롭게 다시 태어나게 되지.
안 입는 청바지를 가방이나 반바지로 리폼하기, 핸드폰 케이스 리폼하기,
가구 리폼, 장난감 상자 리폼, 티셔츠 리폼, 머리끈 만들기 등으로
쉽게 작업할 수 있어. 작은 솜씨로도 내 주위를
풍성하게 해줄 수 있는 작은 마법이야.

★☆☆
048. 내려다보면 넓어진다

높은 곳에 오르면 세상 걱정이 금세 사라져버리는 것 같아.
가끔 제일 높은 곳에 올라 멀리까지 내려다보면
'내가 너무 좁은 생각의 세상 속에서 살아 왔구나!'
깨닫게 돼. 좀 더 마음이 열리고 넓어져
고민했던 문제들이 작아져 보이는 좋은 계기가 될 거야.
너도 한 번 시도해봐. 고민 열 가지 중에서
한, 두 가지만 사라져도 좋지 않겠어?

★★★
049. 깔맞춤 데이

뭘 입고 나갈지 고민이라고?
그렇다면 하루 정도는 깔맞춤 옷으로 입어보는 건 어때?
오늘 하루는 그 컬러가 너의 마스코트라고 생각하는 거지.
사람들 시선 따위는 신경 쓰지 마. 너는 남들 시선에 비춰지는 너보다 더
대단한 사람이잖아. 사소하고 작은 시도만으로도 매우 신선하고
통통튀는 하루가 될 거야. 무슨 의미가 있냐고 생각한다면 그건 오산!
생각 없이 즐기는 것이 바로 놀이 아니니? 지금 당장 옷장으로 달려가
내일 입을 옷을 골라보자. 우와, 벌써부터 설레는 걸!

쓰레기통 변신

★★☆
050. 내가 만약 물건이라면

내가 쓰레기통이라면 어떨까?
신발이 되었다면? 그리고 걸레, 가방, 차, 컴퓨터, 책, 전철, 볼펜이라면?
이렇게 내가 어떤 특정 물건이 되어 그 시각으로 세상을 바라보면
그 느낌이 어떨까? 감사의 마음이 생길까? 또 다른 마음이 생길까?
이런 체험을 통해 세상 모든 것들이 소중하다는 것을 느껴본다면
마음이 한층 넓어지는 계기가 될 거야.

인간은 자유다. 인간은 자유 그 자체다.

장 폴 사르트르
Jean Paul Sartre

여섯

자유를
만끽할래

051. 맨발로 땅과 만나자

넌 맨발로 직접 흙을 밟았던 적이 언제였어?
아마 기억이 안 날 걸. 다들 신발이 없이는 아무데도 못 가니까.
하지만 맨발로 흙 위나 바닷가를 걸으면 발바닥 전체의 지압효과로
몸이 활성화된다고 해. 직접 땅의 에너지와 만나게 되는 거지.
즉, 자연과의 교감을 하게 되는 거야.
몸을 건강하게 하고 에너지를 충전할 수 있는
아주 좋은 방법이니 이번에는 꼭 해봐.

★☆☆
052. 팅팅탱탱♪ 키친 콘서트

무엇이든 두들기면 신이 나지 않니?
주방에서 흔히 보이는 컵이나 그릇, 숟가락, 냄비, 프라이팬을 앞에 놓고
신나게 두들겨보는 거야. 어렵지 않아. 그냥 느껴지는 대로 두들겨 봐!
조금씩 리듬을 타며 즐기면 되는 거지. 그렇게 숨어 있던 감성을 깨우는 거야.
내 안에 '리듬의 신'이 있을지 어떻게 알아. 그저 몸과 마음을 완전히 맡겨보면 돼.
어느새 스트레스는 온데간데없이 사라져 버릴 거야.
좋아! 노는 거야! 룹따빠래~ 헤이~ 룹따빠래~

★☆☆

053. 영화에 먹히다

영화는 많이 보지만 영화관에서 혼자 보는 영화가 더 감동적이지 않니?
큰 스크린이 영화에 더 깊게 빠져들게 하고 혼자서 보면
다른 사람 신경 쓸 필요 없고, 오직 내가 주인공이 되어
그 스토리에 풍덩~ 빠져볼 수 있잖아.
진짜 온 몸으로 영화를 느껴보는 거지. 그 감동이 너무 벅찼다면
잊어버리기 전에 노트에 간단하게 메모해보는 것도 좋아.
그것들이 모이면 나만의 영화 다이어리가 되기 때문이지.

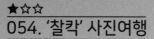

★☆☆

054. '찰칵' 사진여행

'찰칵'하며 현재를 한 장에 담는 예술. 정말 멋지지 않니?
자연의 신비와 신기한 건축물 그리고 아름다운 사람들을 찾아
사진에 담는 여행을 떠나보자. 멀리 떠나도 좋고,
가까운 곳에서 숨겨진 아름다움을 발견해도 좋아.
카메라를 들고 아름다운 피사체를 찾아 나서는
설렘만으로도 기분이 한껏 올라갈 거야.
'찰칵' 사진이 찍히는 찰나의 아름다움과
셔터를 눌러 현재를 담는 감동을
꼭~ 놓치지 마.

★★★
055. 가면을 벗으면 진짜가 있다

마음을 감추는 것 때문에 답답하지는 않았니?
솔직하게 드러내면 손해 볼 것 같지만 실상은 그렇지 않아.
오히려 마음의 가면을 벗고 진심을 말하면
그 용기와 자신감에 더 신뢰를 받을 수 있어. 진심은 누구에게나 통하는 법이니까.
이제 혼자 있을 때라도 가면을 벗는 용기를 연습해보는 것은 어때?
가면을 쓰고 솔직하지 못했던 상황을 떠올려보고,
속 시원하게 스스로에게라도 얘기해보는 거지.
그럼 훨씬 더 홀가분해질 거야.

056. 스트레스 탈출구

큰 소리를 원 없이 지를 수 있는 장소가 있어. 바로 경기장이지.
경기장을 내려다보며 목청껏 응원하며 소리를 질러보는 거야.
또 응원가를 불러보는 거지. 아무 생각 없이 해보는 거야.
어느덧 스트레스는 날아가고
넌 자유로운 새가 되어 뛰어오를 거야.
원 없이 풀어버리고 새처럼 날아봐. 훨훨~

와아아아아!!!!

★★★
057. 얼레리 꼴레리, 홀딱 벗고 춤추자

모두 벗어버리면 어떨까?
몸도 마음도 가벼워져 잠시 날아갈지도 몰라.
그렇게 기분 좋은 상태로 춤을 춰보는 거야. 물론 혼자 있는 방에서 하는 거지.
모두 다 잊고 원시의 자연 상태를 느껴봐.
본능에 맞춰 몸을 흔들다 보면 에너지가 되살아남을 느낄 거야.
나체가 부담스럽다면 불을 끄거나 편한 복장으로 춰도 좋아.
"Let's Dance! 좋아, 노는 거야!"

세상이 도는가
내가 도는가~

★☆☆
058. 바람에게 맡겨라

영화 <타이타닉>을 떠올려 봐. 뱃머리에 서서
팔을 벌리고 시원한 바람을 맞는 것이 상상되니?
그렇게 바람에 나를 맡겨버리면 새로운 세상이 펼쳐져.
바람이 허물을 씻어주고 나를 좋은 세상으로
데려다주는 거지. 너도 지금 해봐.
기분이 좋아져 절로 춤이 나올지도 모르는 일이야.

삶의 흔들림조차 춤이다.

조던 매터
Jordan Matter

일곱

위로
받고싶어

★☆☆
059. 큰 나무 에너지가 나에게

큰 나무 밑에 누워본 적이 있니?
실제로 그 밑에 누워 나무를 바라본 느낌은 너무나 신비했어.
마치 우주의 비밀을 들여다보는 것 같았지. 이렇게 시각을 달리해 보면
또 다른 세상이 고개를 내밀어. 그리고 큰 나무를 양팔로 껴안아서
좋은 에너지를 받아보는 것도 정말 좋아.
자! 빨리 근처에 있는 큰 나무 곁으로 달려가!!!

060. 호수 같이 맑은 눈에 빠지자

좋은 것을 보면 덩달아 좋아지지 않니? 힘들 때 눈빛이 선하고 맑은 사진을 보며
밝은 기운으로 자신을 힐링해보는 거야. 아기 사진속의
맑고 순수한 눈빛을 바라보는 것만으로도 위로를 받을 수 있지.
예전에 영화 <바닷마을 다이어리>에 나오는 네 자매의 눈빛이
너무 밝고 아름다워 영화를 보는 내내 힐링이 되었어.
특히 큰 언니로 나온 배우 아야세 하루카의 눈빛은
보는 것만으로도 정말 기분이 좋아졌지.
넌 어떤 눈빛을 좋아해?

좋아요 LOVE
COOL즐거워요
YOU CAN DO IT
행복해요
GOOD
너뿐이야

소망 LOVELY 희망
BEAUTIFUL
훌륭해 대단해요 CU
사랑 YOU CAN DO IT TY
해요 좋아요
멋져요 아름다워요 웃음
LOVE 반짝반짝LO 신이나요
희망 VE 찬란해
반짝 너뿐이야 함수
반짝 WONDERFUL 있어
미소 찬란해 미소 소망
신이 감사
나요 GREAT
반짝반짝 행복
미소 COOL
할수 고와요
있어 NICE
희망 좋아요
ENJOY
감사
해요 소망
TWINKLE
COOL
핑토 최고

★☆☆
061. 착한 말의 위력

'당신의 입 속에서 들어있을 때 말은 당신의 노예이지만,
입 밖으로 나온 말은 당신의 주인이다.'
말의 위력을 강조한 유대인의 속담이야.
이처럼 말은 나를 흥하게도 망하게도 할 수 있어. 그러니 착한 말들을
자주 사용하면 나에게도 좋은 일들만 가득가득 오게 될 거야.
사람들을 감동시키는 착한 말들은 아주 많아.
오늘은 어떤 말로 세상을 아름답게 해줄거니?

★★★
062. 사랑 고백, To me

스스로에게 사랑을 고백한다고? 황당해?
그런데 말야, 이 세상에 나보다 더 소중한 사람은 없어.
그러니 못할 것도 없지 않니. 우선 내가 기대하는 선물을
두근대는 마음으로 골라 봐. 그 다음 멋진 장소에서 고생한 나를 위한
만찬을 즐기는 거지. 그리고 선물을 풀어보며
나를 기쁘고 신이 나게 해주는 거야. 정말 멋지겠지.
남들에게 받는 것보다 몇 배는 더 기쁜 추억으로 남게 될 거야.

★★★
063. 스스로를 위로하는 법

다른 사람으로부터 위로받기를 기다릴 필요는 없어. 이제는 스스로 자신을
위로하고 치유하는 법을 익히도록 해. 먼저 자신의 예전 기억을 떠올려
치유되지 못한 감정을 가슴 속에서 찾아내. 눈을 감고 자신의 가슴속으로
손을 집어넣어 그 감정을 꺼내는 거지. (물론 이미지상으로 하는 거야.)
그러면 놀랍게도 그 감정의 일부라도 꺼내지는 느낌이 들고,
가슴 속이 시원해지는 기분도 들거야. 그 다음은
꺼내진 감정에게 위로의 말을 건네는 거지.
어머니 같이 큰사랑의 마음으로
"그래, 많이 힘들었지? 내가 너를 위로해줄게.
괜찮아, 사랑해." 이렇게 그 상황에
맞는 말을 해주면 다친 마음이
조금씩 치유가 돼. 그러면 계속
몇 번 더 반복하는 거야.
남들에게 기대지 말고 힘든 마음을 이렇게
스스로 치유해주도록 해!
너 스스로 할 수 있어!

★★☆

064. 폭포가 전하는 위로

혼자서 위로가 잘 되지 않으면 폭포를 찾아가 봐.
시원하게 내리는 폭포수에 힘들었던 감정을 모두 씻어 내리는 거지.
거침이 없이 콸콸콸~ 떨어지는 물소리와
폭포수에서 발생되는 음이온이 치유를 도와줄 거야.
폭포 앞에서 명상을 해도 좋고, 명상이 어렵다면
고요히 앉아만 있어도 힐링속으로 들어가게 될 거야.

★★☆
065. 행복했던 일 100가지를 찾아라

자! 노트를 펼치고 가장 행복했던 일 100가지를 적어보는 거야.
뭐? 100가지는 너무 많다고? 작지만 소소한 행복의 느낌을 찾으면
100가지 이상을 쓸 수 있을 거야. 중요한 건 모든 것에 행복이 있다는 거야.
행복이라는 안경을 쓰고 바라보면 행복해져.
그 후에는 행복에 대해 느낌이 좀 달라지지 않을까.
"매일 행복하진 않지만, 행복한 일은 매일 있어."
<곰돌이 푸> 중에서 나오는 멋진 말이야.

★☆☆
066. 헌책방 보물찾기

숨은 보물을 캐러 헌책방(중고책방)으로 떠나는 건 어때?
자신이 좋아하는 분야의 희귀 도서를 찾아낸다면 보물을 얻은 것처럼
기쁠 거야. 헌책방은 싼 가격에 여러 권의 책을 살 수 있는 것도 매력적이지.
많은 책들에 둘러 싸여서 시간을 보내는 것은
유익하고도 기분 좋은 경험이 될 거야.

당신이 하고 있는 것이 일인지 놀이인지 모를 때
당신은 그 분야에서 성공한 것이다.

워런 비티
Warren Beatty

여덟

편안해지고
싶어

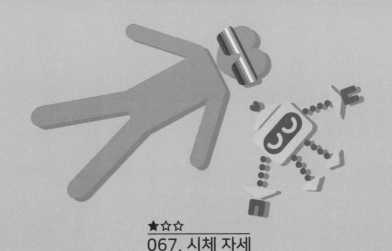

★☆☆
067. 시체 자세

요가 중에 가장 편하고 쉬운 자세가 있어.
바로 '시체 자세'라고 하는 거지. 똑바로 위를 보고 누워 몸의 힘을
완전히 빼 마치 시체인 양 누워보는 거야. 이때 포인트는
몸이 죽었다고 느끼며 누워 있어보는 거래. 그러면 점차 몸과 마음이 안정되며
누적되어 있던 피로가 서서히 풀리는 것을 느끼게 되겠지.
거친 호흡에서 자연스러운 호흡으로 뇌파가 안정되면
마음에 평화도 찾아오게 되는 거야.
잠이 잘 오지 않을 때도 이 자세가 매우 유용하다고 해.

★★☆
068. 고요 속으로 침묵 여행

침묵을 연습하는 것은 마음의 유리창을 닦는 것과도 같아.
부정적인 생각으로 어수선한 마음을 침묵으로 깨끗하게 잠재워보는 거지.
한 시간만이라도 완전히 침묵하면 마음이 고요해지는 기쁨을 느낄 수 있어.
"침묵 속에서 영혼은 더 뚜렷이 빛나는 길을 찾고,
형태를 알 수 없던 목표들이 수정 같이 맑게 모습을 드러낸다."
인도의 성자 마하트마 간디의 말이야.
이렇게 침묵을 연습하면 할수록 우리는 내면 깊숙이 들어갈 수 있게 돼.
침묵 속이 궁금하지 않니?

★★☆
069. 단순한 것이 좋아

단순한 작업을 계속 반복하다 보면 그것에 쉽게 몰입할 수 있게 되지.
예를 들어, 콩을 하나씩 집어 천 개를 정확히 센다고 해보자.
그러면 그것에 빠질 수밖에 없게 돼. 물론 많은 돈을 센다면 더 잘 몰입 되겠지.
생각이 많고 마음이 복잡할 때는 이렇게 해봐.
주위에서 단순한 반복 작업을 할 수 있는 것을 찾아 해보는 거지.
예상 외로 쉽게 몰입되는 것을 느낄 수 있어.
그러면 마음은 한결 더 편해질 거야.

★☆☆
070. 여왕과 황제의 티타임

하루 중에 온전히 나만을 위한 시간이 있니?
매일 특정한 시간을 정해 그 시간만큼은 따뜻한 차 한 잔을 앞에 놓고
몸과 마음을 재정비하는 시간을 가져보자. 오후 3시쯤이 어때?
그때가 하루를 돌아볼 수 있는 좋은 시간이지 않니?
하루의 일을 메모하고 그 뒤의 일정을 점검하며
차분히 간단한 독서도 겸할 수 있는
최고의 휴식 시간이 될 수 있을 거야.

103

★☆☆
071. 모든 일을 잊고 Deep Sleep

푹 자는 것만큼 누적된 스트레스를 한 번에 해소할 좋은 방법도 없어.
그동안에 스트레스가 많이 쌓였다면 감기나 잔병이 올지도 몰라.
오후 동안 시간을 내어 모든 일을 잊고 푹 자는 시간을 만들어보자.
잠에서 깨고 나면 한결 개운하고 의욕이 되살아날 거야.

★★★
072. 나쁜 것들 털어버리기

생각보다 너에게 나쁜 것들이 많지 않니?
하루를 정해 마음속을 탈탈 털어내는 시간을 가져보자.
노트를 펼치고 분노, 짜증, 불만, 불평, 자신감 부재, 슬픔, 죄책감, 고통 등
생각나는 모든 것들을 쓰고 그 자리에서 그것을 찢어버리거나 태워서
없애버리는 거야. 이렇게 마음을 청소해보면 가슴이 시원해지며
새로운 에너지가 들어옴을 느끼게 될 거야.

의심 걱정 미움 외로움 두려움
불안 원망 미움 외로움 슬픔
증오 절망
시기 괴로움
질투 쓸쓸함 분노 우울

위대한 성취를 하려면 행동하는 것뿐만 아니라,
꿈꾸는 것도 반드시 필요하다.

아나톨 프랑스
Anatole France

아홉

소망을
이루고 싶어

073. 집중 또 집중하기 게임

넌 집중력이 강하니? 집중한 것들이 실제로 현실에서 얼마나 나타나는지
체크해 볼 수 있는 게임을 해보는 거야. 예를 들어 녹색 옷을 입은 사람 보기,
하트 모양 구름 보기, 노란색 장미꽃 보기, 떨어진 동전 보기 등등
하나의 것에 집중해 그것을 주변에서 찾아보는 거야.
이 연습이 잘되면 그 후에는 너가 원하는 것에 집중해
그것이 실제로 나타나는지 보는 거야.
집중하는 힘이 커질수록 소망하는 것들과
만나게 될 확률이 높아진다는 것은 알고 있지?

★☆☆

074. 반짝반짝, 별들에게 소원을

소원을 가슴에 담아만 두지 말고 꺼내보면 어때?
도심에서 좀 벗어나 불빛이 없는 곳에서 까만 밤하늘의 별들을 바라보면
마음도 같이 확 트이지. 그때 좁은 인간세상에서 벗어나 광대한
우주의 별들과 교감하며 너의 소원을 말해보는 거야.
밤하늘의 별들과 대화하면 더 크고 높은 세상으로
훨훨 날아오르는 자유를 만끽해볼 수 있지.
걱정과 고민은 어느새 잊혀버리고 새로운 기운이 샘솟게 될 거야.
소망은 꺼내어 말할수록 더 잘 이루어져.

★★☆
075. My Dream Magazine

너도 마음속 어딘가에 어릴 적부터 소망하던 것이 있겠지?
그것을 미리 가져보는 방법이 있어. 그 소망들을 모두 끌어내
나만의 드림 매거진을 만들어 보는 거야. 마당이 넓은 집, 번쩍번쩍한 자동차,
예쁘고 멋진 애인, 갖고 싶었던 옷이나 액세서리 등등을 잡지나
인터넷에서 수집해 오려 붙이고 하나하나 모으다 보면
꿈의 잡지가 만들어지겠지. 이 잡지가 소망들을 이루게 도와줄 거야.

★★☆
076. 우주 파워를 내 것으로

우주의 Power는 광대하고도 무한하지.
눈을 감고 지구에 있는 자신이 우주로 점점 날아오른다고
이미지를 그려봐. 그 다음 우주의 끝까지 힘차게 날아가 보는 거야.
인간의 세상에서 벗어나 우주로 나오면 내가 더 크게
확장되는 느낌을 가지게 될 걸? 혹시 알아?
영화로만 보던 ET를 만나게 될지.
내 힘이 우주와 연결되어 그 힘으로 더욱 커진다고 믿어부면
실제로도 그 Power가 올라가게 될 거야.

외계인이다!!

#$^%*
%$@##$!!

해석 : 앗, 외계인이다

★☆☆
077.소망을 아브라카다브라

소망을 직접 손으로 그려보면 더 구체적이 될 수 있어.
가슴 깊은 곳에 있는 소망을 끌어올려 본다는 느낌으로 그려보는 거야.
그림은 잘 그리지 못해도 좋아. 추상화 형태가 되어도 좋아.
원하는 것들을 실제로 표현해 보았다는 것이 중요해.
손이 가는 대로 그려봐. 그러면 소망은 너에게 더 가까이 오게 되겠지.
멀리 있지 않아. 아브라카다브라, 다 이뤄져라!

★★☆
078. 신비의 장소 & 행운의 부적

머리가 맑고 컨디션이 좋은 날, 그날의 느낌에 따라
기분 좋은 장소를 선택하고 마음에 드는 물건도 골라봐.
예를 들어 핑크색을 좋아한다면 핑토가 행운을 가져다 줄 거야.
그 장소에서 그 물건을 놓고
우주에서 사랑의 빛이 그곳과 그 물건에게로 쏟아진다고
이미지를 그리며 축하를 보내면 돼.
"넌 나에게 행운이 되었어. 고마워. 사랑해!"
특별한 의미를 부여해 준 것이 더 특별해지는 거야.
나는 네가 읽게 될 이 책에 행운을 빌었어.
달빛을 받으며 널 만나게 해달라고 소원을 빌었지.
그래서 널 만날 수 있게 된 거야.
놀랍지?

혼 자 서
재 있 게 101
노 는
가 지
방 법

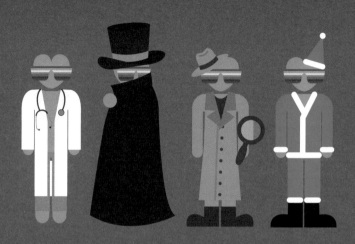

★★☆
079. 다양한 직업 가상 체험

다른 직업을 가지고 살면 더 행복해질까?
물론 해보아야 알지. 그렇다면 이번에 도전해볼까?
우선 자신의 일이나 직업과 생소한 분야를 골라. 펀드매니저, 무용가, 역사학자,
영화감독, 외교관, 경찰관, 큐레이터, 모델 등등 직업은 수없이 많아.
그중 마음에 드는 하나를 고르고 그것에 대한 기본적인 행동규약을 정해
그것에 따라 행동하며 가상체험을 해보는 거야.
그 직업에 관련된 사람을 취재하면 그 직업에 대해
더 실제적인 것들을 느껴볼 수도 있겠지.

★★☆
080. 반전 아이디어를 찾아라

인생에는 항상 반전이 기다리고 있어.
당장 돌부리에 걸려 넘어지더라도 울지는 마.
넘어진 곳에 동전이 널 기다리고 있을 수도 있잖아. 그러니 지금 일이
풀리지 않더라도 끝이 나는 것은 아니야. 네가 포기하기 전까지는 말이야.
너무 심각하게 생각하지 말고 반전을 끌어 낼 수 있는 아이디어를
찾는 시간을 가져봐. 방법은 홀로 조용한 곳에서 명상하면
어느덧 답이 느껴지거나 자연 속에서 영감을 얻을 수 있어.
현재의 일을 놓아주고 조금 떨어져서 바라보는 것이 포인트야.

애벌레가 세상의 끝이라고 부르는 것을,
신은 나비라고 부른다.

리차드 바크
Richard Bach

열

성장하고
있는 중이야

★★☆
081. 자신감 차렷!

행동이 우선하면 마음은 따라갈 수밖에 없어. 자신감 놀이는 자신감에 찬 행동을
연습하는 거야. 먼저 자신을 자신감 양성 부대의 지휘관이라고 상상해봐.
각이 진 군복을 입고 머리를 꼿꼿이 세우고 어깨는 뒤로 펴고, 자신의 몸집이
크게 보이는 자세를 취해 보는 거지. 씩씩하고 당당하게 멋진 지휘관인 것처럼
걸어보는 거야. 그 다음 연병장에 모인 부하 장병들을 내려다보며
자신 있게 연설을 하는 이미지를 그리는 거지.
"나는 자신감을 숙달시키는 부대의 지휘관이다. 자신감은 나에게 당연한 거야."
이렇게 항상 각인시켜 봐. 어느덧 자신감에 대한 걱정은 사라지게 될 거야.
지금부터는 자신감 차렷이야!

★★☆
082. 나답지 않아도 괜찮아

나답지 않은 일이란? 새로운 나로 살아보는 거지.
이제까지 쭉 하던 일이나 편하게 느끼는 일만 하고
좋아하는 사람들만 만나려 하지는 않았니?
그랬다면 이제부터 나에게 새로운 기회를 주어보는 것도 나쁘지 않아.
예전의 나였다면 생각지도 못했던 일을 해볼 때 인생의 반대편도
구경할 수 있게 되지 않겠니? 삶의 편식에서 벗어나 골고루 경험하며
좀 더 넓은 인생을 경험해나가는 좋은 방법이 될 거야.

★★★
083. 두려움 없는 죽음

죽음을 이해하려면 먼저 유서를 작성해보라고 해.
가상으로라도 유서를 미리 써보면 삶과 죽음을 좀 더 진지하게 들여다보게 되지.
실제로 자신의 삶이 10일밖에 남지 않았다고 생각해봐.
지금 일초 일초의 삶이 얼마나 소중한지 정말 제대로 실감이 될 거야.
그것을 통해 이 땅에 태어나게 된 소명에 대해서도
진지하게 고민해보는 시간이 되면 정말 좋겠어.

타임머신

★★☆
084. 20년 후로 미래 여행

지금으로부터 20년 후에 나와 주위사람들은 어떻게 변해 있을까?
어떤 직업을 가지고 어떤 모습으로 살고 있을지 추측해
그것을 노트에 적어보면 어때? 물론 현재가 바탕이 되어 미래가 만들어질 거야.
그러면 좋은 미래를 위해 현재인 지금을 충실히 살아야 한다는 것을
다시 느끼게 되겠지. 나의 인생관을 다시 정립해보는 유익한 시간이 될 거야.
넌 너의 20년 후를 낙관하니?

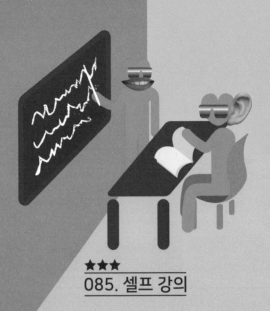

★★★
085. 셀프 강의

남들에게서 듣는 강의만 강의가 아니잖아.

내가 나에게 강의를 해주면 어떨까? 나 보다 더 나를 잘 아는 사람은 없으니

더 실질적인 강의가 되지 않을까? 지금 나에게 무엇이 꼭 필요한지

진지하게 생각해보고 그것을 도울 수 있는 자료를 모아 봐.

그 다음 그것을 정리해 나만을 위한 강의를 진행해보는 거지.

나를 스스로 설득해 실력을 올리는 아주 유익한 시간 될 수 있을 거야.

곧 바로 행동에 들어갈 수 있게 추진력도 같이 올라갈 것이고.

그럼 준비해볼까?

핑토목

★★★
086. 나는 멈추지 않아

나무가 계속 커가듯 우리도 계속 자라면 어떨까?
하지만 우리는 얼마간 자라다가
그 뒤로는 안주하려고만 하는 것은 아닌지 답답해.
그런 마음을 경계하기 위해서라도 나의 이름으로
나무를 심어 커가는 것을 지켜보는 거야.
나무와 같이 나도 무럭무럭 자라는 것을 멈추지 않는 거지.
나의 가능성과 성장은 무한하다는 것을
나무를 통해 배우는 거야.

123

사람은 행복하기로 마음먹은 만큼 행복하다.

에이브러햄 링컨
Abraham Lincoln

열하나

행복해질
거야

087. 요리를 부탁해

꺄르르, 요리는 즐거워.
특히 나만을 위한 요리는 더 즐겁지.
요리를 하는 중에는 뇌가 활성화되어 기분 전환이 되기 때문이래.
나만을 위해 나의 입맛에 맞는 멋진 요리를 직접 만들어
고생하는 나에게 베풀어보는 건 어때? 그때 내가 요리하는 모습을
요리 프로로 생방송하고 있다고 생각하면 더 흥미로워질 거야.

★☆☆
088. 핑토의 상상여행은 현실이 된다

상상여행의 재미도 진짜 여행 못지않아.

상상력은 그 끝이 없기 때문이지. 먼저 방문하고 싶은 곳의 사진이나

책자, 동영상 등 여러 정보를 수집해 자신만의 여행 스크랩 잡지를 만들어봐.

그곳을 먼저 여행한 블로거들의 글과 사진을 참고하면

일정을 정하는 것이 더 쉬워질 거야. 그 다음은 눈을 감고 정리된 것들을 떠올리며

천천히 한 장면씩 상상의 여행을 즐기는 거지.

지금부터 상상의 짜릿한 여행을 떠나보지 않을래?

089. I SEE YOU

'지금 그 사람은 무엇을 하고 있을까?'
내가 좋아하는 사람이 지금, 같은 시각에 어디에서 무얼 하고 있을지
알아 맞혀보는 거야. 재미있을 것 같지 않니?
거기다 그 사람의 시각으로 세상을 이해할 수 있는 기회가 될 수도 있어.
또 멀리 떨어져 있어도 이심전심이 되는지도 알아볼 수 있잖아.
후에 두 사람만의 비밀스러운 대화 소재가 될 수도 있을 거야.
그럼 좀 더 친밀해지지 않을까?

★★☆
090. 긍정+식물= 엄지 척

많은 사랑을 주어 화초를 키운다면 어떤 결과가 올까?
매일 물을 주고 정성껏 보살피며 이렇게 말해보자.
"사랑해! 무럭무럭 잘 자라! 나도 있는 그대로의 나를 사랑할게!"
그래서 화초가 잘 자란다면 나도 함께 밝고 긍정적인 사람이 되지 않을까?
또한 식물과의 교감을 통해 생명의 소중함도 느끼게 될 거야.

★☆☆

091. 필터 속 나만의 세상

가끔 세상이 너무 삭막하다고 느껴질 때가 있지 않니?
그때는 핸드폰을 꺼내서 카메라를 한번 켜봐.
그 다음 마음에 드는 필터를 선택해 그것으로 세상을 비춰보는 거지.
요즘은 예쁜 필터들이 많으니 삭막한 회색 빛 세상도
나만의 알록달록한 컬러로 물들여질 거야.
어때? 작은 행동 하나로도 세상을 바꿀 수 있지.
물론 컬러만이라도 말이야.
이제 나가서 나만의 세상을 만들어 봐.

아바다 케다브라

★★☆
092. 주인공은 바로 나

네가 좋아하는 배우는 누구니? 인상 깊게 본 드라마나 영화가 있겠지?
그 주인공처럼 멋진 말을 하며 그 배우의 느낌으로 하루를 살아보면 어떨까.
좋은 대사는 항상 머릿속에서 되새겨보고 그 행동을 따라 해보면
나도 그 주인공처럼 멋지게 살게 되지 않을까.
난 내 인생의 언제나 주인공이야.

★☆☆
093. 입꼬리 올려 스마일 연습

웃을 준비를 하면 웃을 일이 빨리 오는 법이야.
거울을 보고 자연스럽게 입꼬리가 올라가게 밝은 웃음을 연습해보자.
맑고 환한 웃음은 스트레스를 줄이고 면역력을 높이는 만병통치약이야.
특히 자발적으로 웃는 웃음이 마음을 더 밝게 해주고
좋은 일들을 끌어당겨 준다고 해. 그럼 바로 시작해볼까.
크게 밝게 웃어봐! 스마일! 다시 스마일!

★☆☆

094. 석양은 드라마다

매일 이른 저녁마다 상영되는 드라마가 있는데, 무얼 것 같아?
맞아! 해가 지면서 매일 하늘을 붉게 수놓는 자연의 드라마, 석양이야.
그런데 매일 석양이 똑같다고? 그럼 오늘부터라도 자세히 다시 바라봐.
석양은 구름의 형상에 따라 매일 다르게 하늘을 물들이지.
똑같은 것은 없어. 이제 그 환상의 드라마를 놓치지 말고 눈에 한가득 담아보자.
어떤 이유에서든 하늘을 바라볼 수 있다는 것은 마음을 여유롭게 하는 일이야.
물론 새벽의 일출도 장관이지.

자신을 사랑하는 법을 아는 것이 가장 위대한 사랑이다.

마이클 매서
Michael Masser

열둘

사랑을
베풀고 싶어

★★☆

095. 나홀로 마니또

남을 돕는 것이 곧 나를 돕는 것이라 했어.
주위에서 한 사람을 정해 항상 마음으로 기도하며 정성껏 사랑을 베푸는 거야.
물질적인 도움보다 격려를 해주고 마음을 써주는 것이 더 좋을 것 같아.
나의 일에만 신경 쓰기보다 스스로 남을 도울 때
더 좋은 기회와 인연이 다가오게 될 거야.
너의 마니또는 누구야?

★★★
096. 감동은 힘이 세다

아주 작은 것이라도 괜찮아.
주위 사람들을 감동시킬 수 있는 이벤트를 기획하고 실천해보자.
깜짝 선물이나 손 편지, 전화하기 그리고 소소한 이벤트 등으로
사람들을 기쁘게 할 수 있다면 내 기분도 덩달아 상승할 거야.
주고 베푸는 것보다 행복한 일은 인생에 많지 않잖아.
계획을 하는 순간부터 그 즐거움은 시작이 되는 거야.
이번은 어떤 일로 사람들을 놀래어 줄까?

안 쓰는 물건 모!두!나!눔!

★★☆
097. Simple Life

"아끼다 똥 된다."라는 말이 있어.
물건들 중에 안 쓰는 것들의 목록을 만들어
친구나 주위 사람들에게 배포해보자. 꼭 필요한 사람에게 간다면
그 물건도 자신의 쓰임이 생겨 기뻐할 거야.
무용지물처럼 비참한 것도 없지 않니? 또한 주위가 정리가 되어
마음도 한결 가벼워지고 비운 자리로 새로운 기운이 들어오게 될 수도 있어.
그리고 이런 좋은 운동이 너를 통해 주위로 확산된다면 더 기쁠 것 같지 않니?

★★☆
098. cheer up, baby

누군가 자신을 응원해주고 있다는 사실만으로도 용기가 나.
또 그런 사실을 전달하는 것은 더 가슴 뿌듯해지는 일이지.
친구들과 주위의 가까운 사람들에게
각자의 장점을 적은 응원카드를 만들어 몰래 넣어주자.
그럼 그 친구가 그것을 발견하는 순간 정말 감동하지 않겠니?
서로의 정을 나누고 용기를 북돋아 주는 멋진 이벤트가 될 거야.

오다 주웠다.

福

★☆☆
099. 복은 더 큰 복을 끌어 온다

주위에 복을 베풀어보면 어떤 일이 생길까?
하루 중 만나게 되거나 내 앞을 지나가는 모든 사람들에게
행운이 가득 찬 가상의 복주머니를 선물해보는 거야.
내가 복을 나누어 주는 주인이 되는 거지.
상상일지라도 사람들에게 복을 베풀면 내 마음이 더 커지고 기쁠 거야.
세상에 대한 사랑이 더 커지는 거지.
결국 나에게도 복이 되는 행운의 이벤트가 되지 않을까?
"지금, 너에게도 행운의 복을 보낼게. 정말 사랑해!"

★★☆
100. 나는 왕이로소이다

지금부터는 네가 바로 대통령이라면 무엇을 바꾸어 보겠니?
세상에 대한 불만과 불평을 모두 풀어놓고 새로운 세상을 만들어보면 어떨까?
상상의 나라에서는 무엇이든 가능해. 내가 아끼는 사람들을
주요 관직에 배치하고 주요 정책들을 펼쳐보는 거야.
상상만으로도 기쁘지 않니? 꿈은 클수록 좋다고 했어.
언젠가는 나의 꿈도 이루어지지 않겠어?

★★★
101. 비 오는 날, 그리고 낯선 이

비가 많이 오던 날, 우산이 없는 사람들이 처량해 보였던 적 있지?

그럴 때 같이 우산을 써보고 간단한 대화도 나누어 보면 어떨까?

예정되지 않은 우연 속에서 새로운 느낌을 가져볼 수 있는 기회가 될 것 같지 않니?

호의를 베풀 때 사람들은 어떻게 반응할지도 알게 될 거야.

그때 다른 사람들의 마음속에서도 따뜻함과 친근함을 발견할 수 있지 않을까?

그리고 혹시 좋은 인연이 생길 수도 있지 않아?

그렇다면 일석삼조가 되겠지.

자기사랑
Check

오늘 나에게 주는 최고의 선물

자기사랑체크표로 나를 더 사랑하는 방법

1. 왼쪽 아래의 글을 읽고 오늘 내가 나에게 어떻게 했는지 돌아보고 체크합니다.

10점   1점

매우 ◀─────────────────────▶ 그럭저럭

잘 해주지 못했다.

2. 오른쪽 위의 글을 읽고 내일은 내가 나에게 더 잘해주면 어떤 느낌일지 체크합니다.

1점   10점

그럭저럭 ◀─────────────────────▶ 매우

잘 해주었다.

**세상에서 가장 중요한 관계는
나와 나 사이의 관계입니다.
매일 잠들기 전에 체크하면 기분 좋게 잠들 수 있습니다.**

01

내일은 나의 외모를 멋지다고(예쁘다고)
칭찬해주면 얼마나 기뻐할까?

내일은 나의 소중한 몸을 잘 보살펴주면
얼마나 고마워할까?

오늘 나의 몸이 피곤하다고 하는데 무시하지 않았나?

10	9	8	7	6	5	4	3	2	1

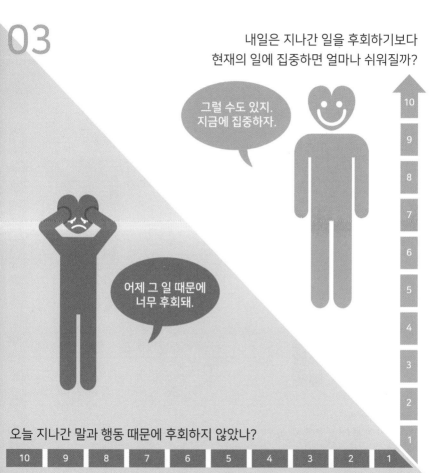

04

내일은 미래를 걱정하기보다
현재의 일에 집중하면 얼마나 능률이 오를까?

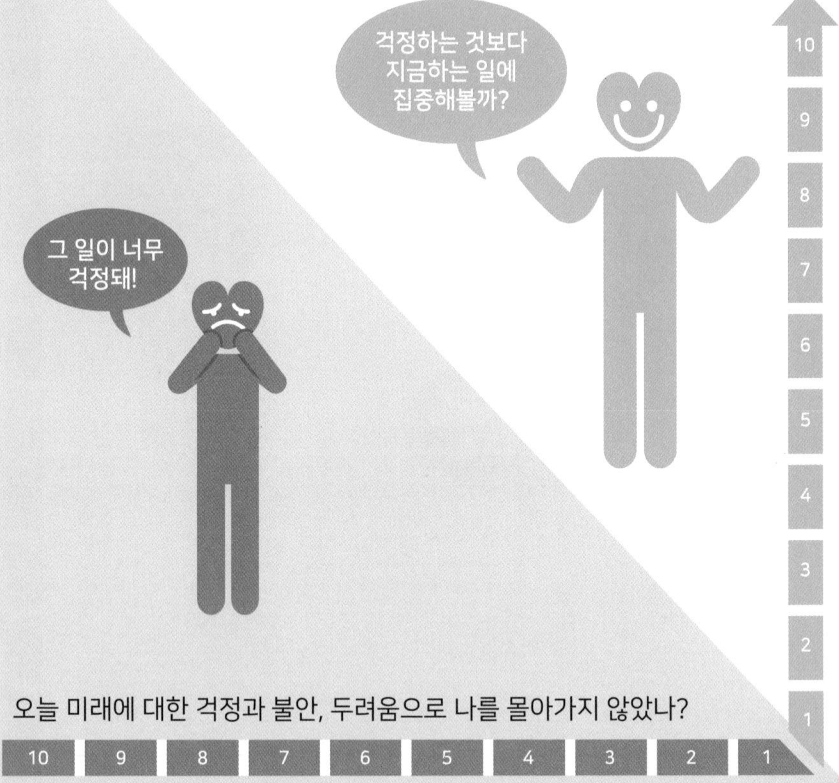

오늘 미래에 대한 걱정과 불안, 두려움으로 나를 몰아가지 않았나?

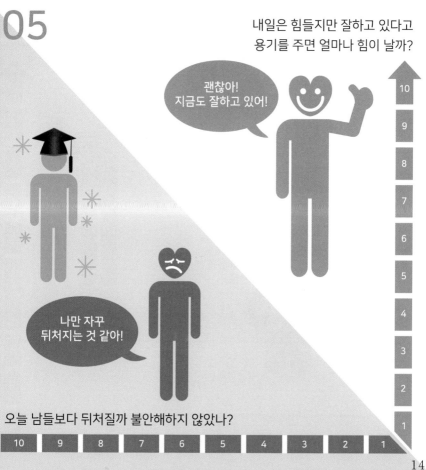

06

내일은 혼자인 나를 내가 더 아끼고
사랑해주면 얼마나 든든해할까?

오늘 혼자라서 외롭고 쓸쓸하다고 힘들지는 않았나?

10	9	8	7	6	5	4	3	2	1

내일은 남들보다 나를 먼저 챙겨주면
얼마나 좋아할까?

아니야, 내가 나를
먼저 챙겨줄 꺼야!

난 못났으니까
손해를 봐도 돼.

오늘 나를 남들보다 밑에 두고 희생해야 된다고 생각하지 않았나?

| 10 | 9 | 8 | 7 | 6 | 5 | 4 | 3 | 2 | 1 |

10
9
8
7
6
5
4
3
2
1

08

내일은 스스로를 믿고 더 격려해주면
얼마나 자신감이 올라갈까?

자신감

오늘 매사에 당당하지 못하거나 자신감이 없다고 느끼지 않았나?

10 9 8 7 6 5 4 3 2 1

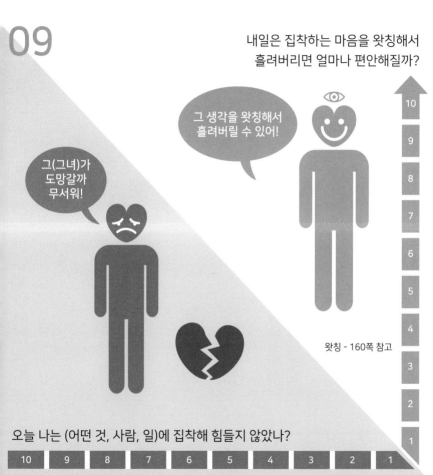

내일은 집착하는 마음을 왓칭해서
흘려버리면 얼마나 편안해질까?

그 생각을 왓칭해서
흘려버릴 수 있어!

그(그녀)가
도망갈까
무서워!

왓칭 - 160쪽 참고

오늘 나는 (어떤 것, 사람, 일)에 집착해 힘들지 않았나?

10

내일은 시간을 내서
나를 위해주면 얼마나 행복해할까?

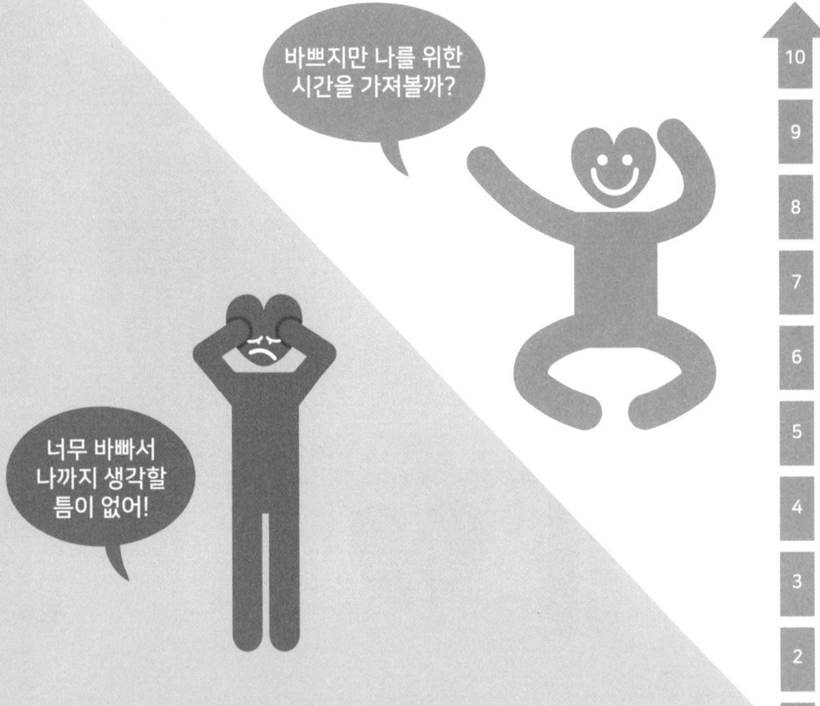

오늘 바쁘다고 나를 위한 시간을 내지 못했나?

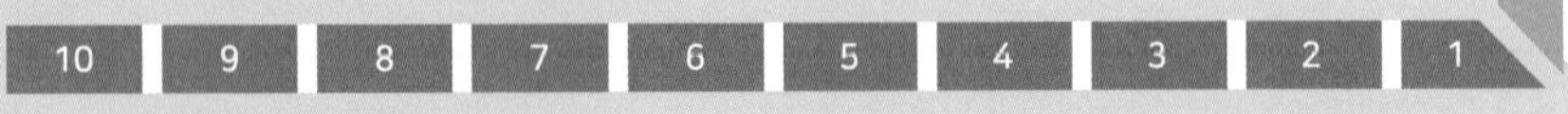

11

내일은 여유를 가지고
부담없이 하면 얼마나 편안할까?

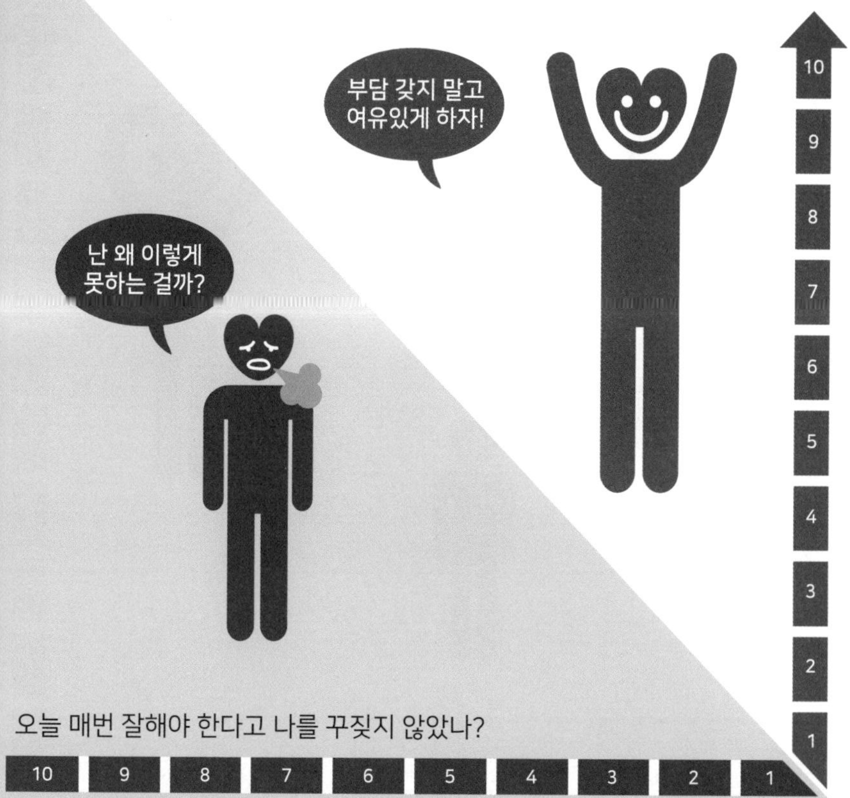

오늘 매번 잘해야 한다고 나를 꾸짖지 않았나?

12

내일은 남에게서 받으려 하지 않고
내 안에서 사랑을 느끼면 얼마나 당당해질까?

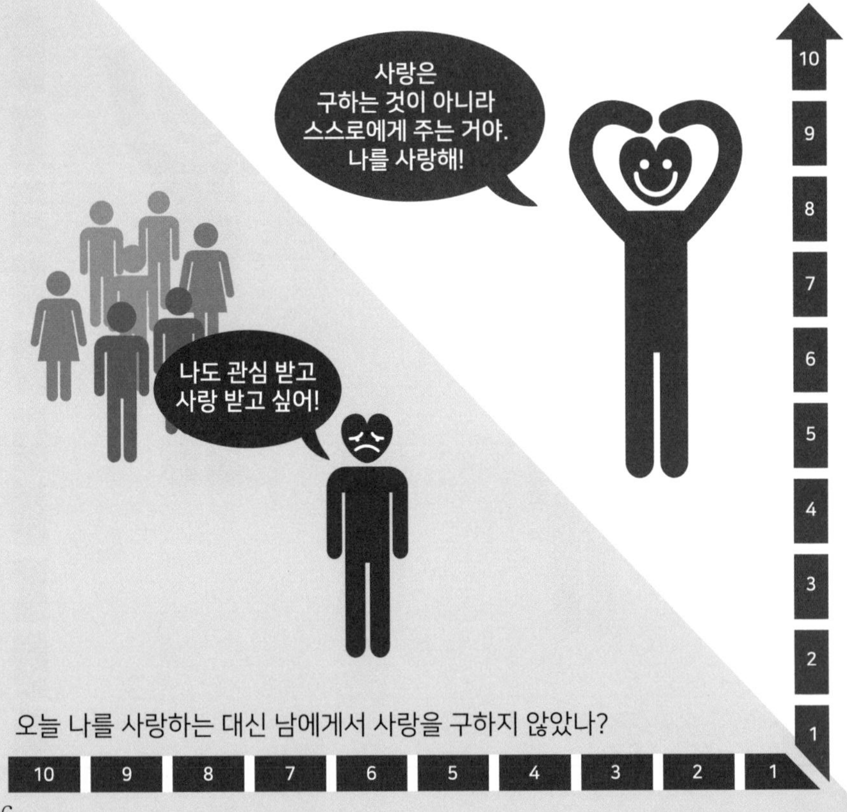

오늘 나를 사랑하는 대신 남에게서 사랑을 구하지 않았나?

13

내일은 나를 믿고 더 존중해주면
내가 얼마나 잘할까?

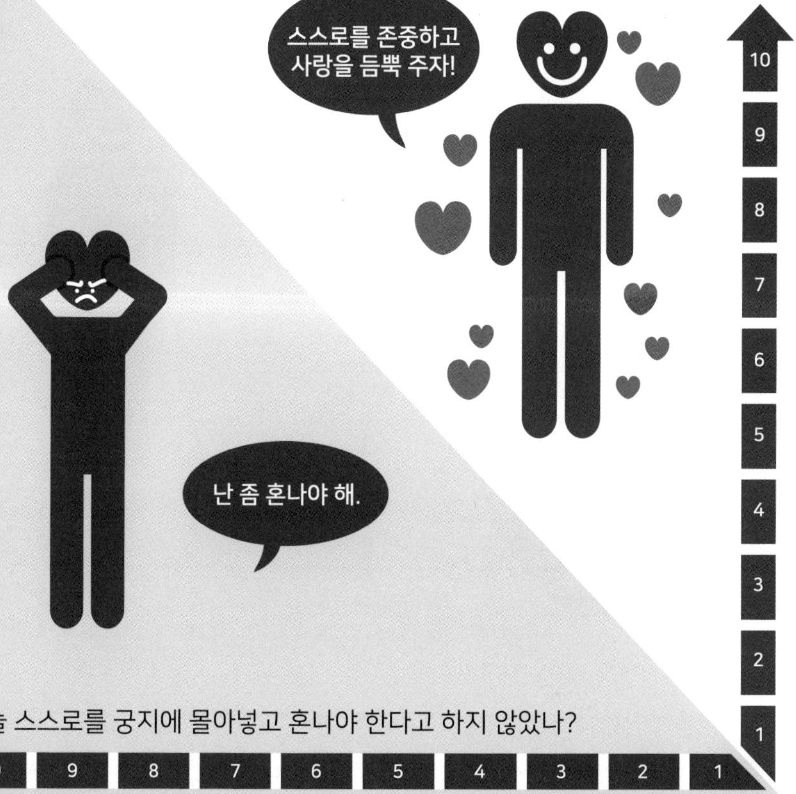

14

내일은 남을 신경 쓰지 않고
나를 사랑해주면 얼마나 더 좋아질까?

남들과 비교하지 않아도
나는 괜찮은 사람이야!

나는 남들보다
잘났어!

오늘 나를 사랑한다며 쓸데없는 자존심만 세우지 않았나?

| 10 | 9 | 8 | 7 | 6 | 5 | 4 | 3 | 2 | 1 |

15

내일은 나를 좀 더 사랑한다면
행복과 성공에 얼마나 더 가까워질까?

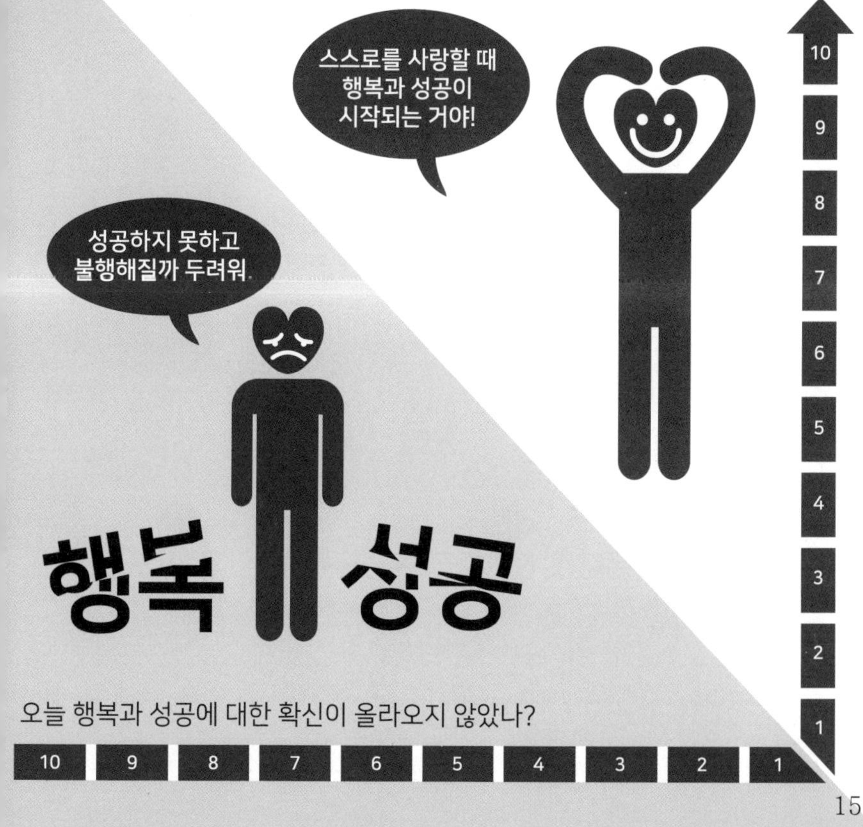

오늘 행복과 성공에 대한 확신이 올라오지 않았나?

왓칭이 뭘까요?

나는 [두려운 생각]이 든다.

대부분의 사람들은
생각을 분리해 바라보지 못합니다.
그래서 두려운 생각에서 빠져나오기가 힘듭니다.

나는 바라본다(왓칭한다) ➝ [두려운 생각]

왓칭한다는 것은 생각과 감정을 분리하고서
바라보아 흘려버리는 방법입니다.
그러면 두려운 생각에서 빠져나올 수 있습니다.

생각이 머리를 쪼아대면

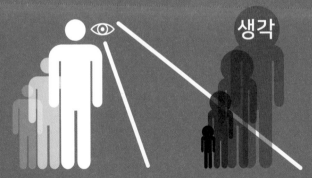

그 생각을 분리해서 바라보세요.
생각은 내가 에너지를 주지 않으면 사라질 수 밖에 없습니다.
(내가 생각을 분리해 왓칭하면 그 생각과 떨어지기에
에너지를 주지 않게 됩니다.)

에필로그

나를 사랑하는 방법에 대한 관심에서부터 이 책은 출발했습니다.
저의 책, <왓처>에 '혼자서 세상을 즐기는 101가지 방법'을 부록으로 첨부했는데
이를 통해 놀이뿐 아니라, 혼자서 즐기는 것과
스스로를 사랑할 수 있는 법까지 배울 수 있었습니다.
거기다 재밌는 그림들을 더 하면 사람들에게 더 쉽게 다가갈 수 있을 거라는 생각이 들었죠.

그러던 중, 제가 강의하는 왓칭 수업에 참여했던 정혜진님을 만나 그녀의 그림을 한번 보고
그 자리에서 같이 작업을 하기로 결정하였습니다.
꼭 필요할 때 나타나 준 그녀에게 진심으로 감사합니다.
그 후 매주 한두 번씩은 서울 연남동에 있는 카페에서 만나
'핑토와 까르루'라는 이 책만의 귀여운 캐릭터가 탄생했고 즐거운 마음으로 작업했습니다.

이 책이 있기까지 많은 관심과 응원을 해주신 <왓칭을 공부하는 사람들>
카페 회원분들과 곁에서 반짝 아이디어를 내주신 강소영님, 김기혜님, 김상우님,
장소영님에게 감사를 전합니다.

앞으로 우리에게는 혼자만의 시간이 더 늘어날 것입니다.
하지만 사람들은 아직도 혼자라는 것을 어색해하며 불편해합니다.
그렇지만 혼자라서 불행한 것도 아니며 아무것도 못하는 것은 아닙니다.
얼마든지 행복한 시간을 만들어 갈 수 있으며 다양한 방법으로 즐기며
자신의 색다른 면을 발견할 수 있습니다.
이제 혼자라는 것이 외로움을 떠올리게 하는 것이 아니라,
오히려 행복으로 가는 지름길이 되어줄 것입니다.
이 책이 그 횃불이 되어 많은 사람들에게 혼자만의 기쁨을 느끼게 하는
친구가 되길 진심으로 소망합니다. 감사합니다.

2016년 9월에 윤석준과 정혜진

누구나 능력자가 되는 기적의 비밀, 왓처

이런 분들에게 권합니다.

공부나 시험, 운동의 집중력을 높이고 싶은 분
불안, 짜증, 무기력, 우울에서 벗어나고 싶은 분
마음을 다루는 쉬운 방법을 알고 싶으신 분
왓칭 책을 보고 왓칭 실천 방법이 궁금하신 분
꿈을 이루는 가슴 뛰는 삶을 살고 싶은 분